Mister Gogo
…ing Kofi
Pinsel

Julia Boehme

Tafiti
und die Savannen-Detektive

Tafitis Welt:

Band 1: Tafiti und die Reise ans Ende der Welt
Band 2: Tafiti und das fliegende Pinselohrschwein
Band 3: Tafiti und das Riesenbaby
Band 4: Tafiti und Ur-ur-ur-ur-ur-uropapas Goldschatz
Band 5: Tafiti und ein heimlicher Held
Band 6: Tafiti und die Affenbande
Band 7: Tafiti und der Honigfrechdachs
Band 8: Tafiti und das große Feuer
Band 9: Tafiti und die doppelte Majestät
Band 10: Tafiti und das verschwundene Geburtstagskind
Band 11: Tafiti und das schlecht gelaunte Nashorn
Band 12: Tafiti und die Löwen-Schule
Band 13: Tafiti und die Savannen-Detektive
Band 14: Tafiti und das Geheimnis der Sterne
Band 15: Tafiti und die Geisterhöhle
Band 16: Tafiti und die Rettung der Gnus
Band 17: Tafiti und der große Zauberer

Tafiti und seine Freunde. Abenteuer in der Savanne (Sammelband)
Tafiti und seine Freunde. Neue Abenteuer in der Savanne (Sammelband 2)

Mit Tafiti lesen lernen:
Tafiti und der Löwe mit dem Wackelzahn
Tafiti und die Weihnachtsüberraschung
Tafiti – Nur Mut, kleine Fledermaus!

Bilderbücher:
Das große Tafiti-Wimmelbuch
Tafiti und der geheimnisvolle Kuschelkissendieb
Tafiti – Heute bin ich du!
Tafiti – Auch beste Freunde streiten mal

Meine Freunde (Eintragbuch)
Tafiti – Mein Malbuch
Das große Tafiti-Liederalbum (Lieder-CD)
Tafitis Savannenparty – Lernspiele (App)

Lernen mit Tafiti: Erste Buchstaben
Lernen mit Tafiti: Zahlen von 1 bis 10
Lernen mit Tafiti: Rechnen von 1 bis 20
Lernen mit Tafiti: Erstes Schreiben

www.TafitisWelt.de

Julia Boehme

Tafiti

und die Savannen-Detektive

Band 13

Illustriert von Julia Ginsbach

Loewe

FSC
www.fsc.org
MIX
Papier aus verantwortungsvollen Quellen
FSC® C109273

ISBN 978-3-7432-0383-9
2. Auflage 2021

Umschlag- und Innenillustrationen: Julia Ginsbach
Umschlaggestaltung: Jennifer Wunderwald
Printed in the EU

www.TafitisWelt.de
www.loewe-verlag.de

Inhalt

In der Vollmondnacht

„Aufwachen! Schnell!“ Omama rüttelt Tafiti und Pinsel wach. Und zwar mitten in der Nacht.

„Was ist denn los?“, murmelt Tafiti verschlafen.

„Hört ihr das?“, ruft Omama.

Tafiti lauscht. **Wriii!** Draußen quietscht das Gartentor.

„Da ist jemand in meinem Gemüsegarten!“, empört sich Omama. „Der macht sich bestimmt an meinen Tomaten zu schaffen. Oder an den Kürbissen!“

„Kürbisse?“ Jetzt ist auch Pinsel mit einem Mal wach. Denn ohne Kürbisse gibt es auch keinen Kürbiskuchen. Und das ist Pinsels Leibspeise.

Tafiti und Pinsel schlüpfen schnell aus dem Bett. „Wir schauen mal nach“, meinen sie und schleichen zum Hinterausgang.

„Passt gut auf euch auf!“, flüstert Omama noch.

Tafiti linst nach draußen. Normalerweise ist es stockfinster in der Nacht. Aber heute nicht.

„Schau mal!“, wispert Tafiti und zeigt zum Himmel. Dort oben, zwischen funkelnden Sternen, strahlt der Vollmond. So rund und schön wie ein riesiger Kürbis, findet Pinsel.

„Natürlich haben sich die Halunken eine Vollmondnacht ausgesucht“, schnauft er leise und schlüpft mit Tafiti nach draußen. Mit den Kürbisdieben werden sie schon fertig! – Aber Pustekuchen!

„Verflixt!“, haucht Tafiti. „Das ist ja …“

„King Kofi“, grunzt Pinsel leise.

Und rechts und links neben Seiner Löwenmajestät sind zwei Hyänen als Leibwachen.

Tafiti und Pinsel ducken sich im hohen Gras. Vielleicht verzichten sie lieber auf Kürbiskuchen, bevor sie noch selbst als

Braten enden? Besser wär's! Aber da haben die Wachen sie schon entdeckt.

„Halt! Was macht ihr da?", knurren sie. „Los, steht auf!"

Langsam richten sich Pinsel und Tafiti auf. Sie stehen direkt vor King Kofi.

„Guten Abend, werte Majestät“, murmelt Tafiti, während Pinsel vor Schreck keinen Ton herausbekommt. Gleich werden sie als Mitternachts-Snack enden – so viel ist klar.

Doch King Kofi springt nicht auf sie zu. Er bleibt stehen. Mit glasigen Augen starrt er verträumt in die Ferne. Dann dreht er sich abrupt um und schreitet davon.

„Macht, dass ihr verschwindet!“, kläffen die Hyänen und laufen ihrem König hinterher.

Wriii quietscht das Gartentor.

Schnell sausen Tafiti und Pinsel in den Erdmännchenbau zurück. Bevor es sich der Löwe und seine Wachen noch anders überlegen.

„Träum ich?“, schnauft Pinsel. „Was ist denn mit King Kofi los?“

„King Kofi?“, ruft Omama aufgeregt. „Hätte ich das gewusst, hätte ich euch niemals gehen lassen!“

„Ist ja nichts passiert und die Kürbisse sind auch noch da“, beruhigt Tafiti sie.

„King Kofi hat noch nicht mal versucht, uns zu schnappen“, erklärt Pinsel verdattert.

„Der war sowieso ganz komisch!“ Tafiti überlegt. „Ich glaube, der war gar nicht richtig wach.“

Pinsel schaut Tafiti an. „Wie meinst du das?“

Tafiti grinst. „Na, wenn du mich fragst, hat der noch geschlafen!“

Pinsel lacht. „Aber wie kann er denn dann rumlaufen?“

„Der schlafwandelt“, sagt Tafiti. „Es ist schließlich Vollmond. Und Opapa hat erzählt, dass dann manche Tiere aufstehen und dem Mondlicht folgen, obwohl sie noch tief und fest schlafen …“

„Unsere Majestät schlafwandelt?“, staunt Omama.

„Cool!“, findet Pinsel. „King Kofi sollte immer nur schlafwandeln! Dann wären wir endlich sicher vor ihm!“

Ab in den Kerker!

Am nächsten Tag ist King Kofi allerdings wieder wach. Hellwach und außer sich! Und KEINER ist vor ihm sicher.

„Meine Krone!", brüllt er. „Meine königliche Krone! *f*Sie i*f*st weg! Fut*f*sch! Geklaut!"

König King Kofi trägt seine goldene Krone recht selten. Eigentlich nur zu besonderen Feiertagen. Ansonsten ruht sie auf einem großen roten Samtkissen im Schlafgemach Seiner Majestät.

Doch heute früh, als King Kofi aufgewacht ist, war das Kissen leer und die Krone verschwunden!

„Der Dieb entwi*f*scht mir nicht“, grollt King Kofi. „Und wenn ich die halbe *f*Savanne ein-*f*sperren mu*f*ss.“

Tja, und genau das tut er. Gemeinsam mit seinen – noch recht müden – Wachen zieht er los. Und jeder, wirklich jeder, der ihnen über den Weg läuft, wird verhaftet.

Da ist es ganz egal, ob jemand zu dick ist, um überhaupt durch die königliche Schlafzimmertür zu passen – wie das Nilpferd Fräulein Ottilie. Oder ob sie zu klein und schwach sind, um eine Löwenkrone überhaupt hochzuheben – wie die Glühwürmchen. Alle landen sie in King Kofis Kerker. Nur, dass die Glühwürmchen gleich wieder aus dem vergitterten Fenster hinaus ins Freie fliegen. Der Rest aber bleibt eingesperrt. Und das sind eine ganze Menge Tiere. Und keines von ihnen hat sich auch nur im Geringsten verdächtig gemacht. Sie hatten an diesem sonnigen Savannenmorgen nur das Pech, dem schlecht gelaunten König zu begegnen.

Tafiti und Pinsel helfen derweil Omama im Gemüsegarten, wo tatsächlich kein einziger Kürbis fehlt. Sie gießen die Rüben, pflücken die reifen Tomaten und säen ein wenig Petersilie, während Opapa das Gartentor ölt.

„Eigentlich ist es doch Quatsch, es zu ölen", findet Tafiti. „Wie sollen wir denn jetzt mitbekommen, wenn sich in der Nacht jemand in den Garten schleicht?"

„Es ist besser, wir bekommen das gar nicht erst mit", sagt Omama. „Dass ich euch gestern Nacht zu King Kofi hinausgeschickt habe, das kann ich mir nicht verzeihen!"

„Wer ſspricht da von mir?", lispelt es plötzlich und King Kofi kommt mit seinen Wachen hervor.

Nicht einmal Tutu hat sie kommen hören.

„ALARM!", kreischt er jetzt. Aber da ist es schon zu spät. Der Löwenkönig steht direkt vor Opapa.

„Feſstnehmen", knurrt King Kofi.

Und schon haben die Hyänen Opapa geschnappt.

„Aber nein! Lasst ihn frei", schreit Omama.

„Nehmt lieber mich!“, ruft Tafiti mutig.
„*f*Schnappt *f*sie euch alle“, brüllt King Kofi seinen Wachen zu.

„In die Höhle“, ruft Opapa.
Omama, Tutu und Baba sind flugs in einem der vielen Noteingänge verschwunden. Nur Tafiti steht noch da.

„Los!“ Pinsel schubst ihn in die Höhle.

„Aber …“, protestiert Tafiti.

„Du kannst Opapa nicht helfen, wenn du selbst gefangen bist“, grunzt Pinsel. Und da hat er irgendwie recht.

Nichts als Melonen

Durch den Türspalt beobachten Tafiti und Pinsel, wie Opapa von den Wachen abgeführt wird.

„Nächfstefs Mal fseid ihr aber fschneller“, raunzt King Kofi die Hyänen an. „Je mehr wir verhaften, defsto eher haben wir den Dieb!“

„Welchen Dieb denn?“, fragt Opapa.

„Meine königliche Krone wurde in der Nacht geklaut“, brüllt King Kofi so laut, dass alle es hören können. „Und ich werde den Dieb finden, fso wahr ich King Kofi heifße.“

„Ich habe die Krone nicht gestohlen", versichert Opapa.

„Papperlapapp, dafs fsagen fsie alle", faucht King Kofi. „Aber einer von euch ifst efs eben doch gewefsen, jawohl!"

Und damit ist der Trupp im hohen Gras verschwunden.

„Komm", sagt Tafiti. Schon schlüpfen er und Pinsel aus der Höhle. In sicherer Entfernung folgen sie King Kofi. Sie müssen herausbekommen, wie es mit Opapa weitergeht. Nur so können sie ihm helfen.

Sie laufen zum königlichen Palast. Opapa wird zu den anderen in den Kerker gesperrt, während King Kofi schnell im Speisesaal verschwindet.

Vorsichtig lugt Tafiti ins Zimmer.

„Wir gehen gleich wieder lo*f*s und verhaften die Näch*f*sten“, brüllt King Kofi. „Aber er*f*st einmal habe ich Hunger. Holt mir wa*f*s au*f*s der Vorrat*f*skammer!“

Die Hyänen kommen mit einem Teller Melonen wieder.

„Wafs fsoll dafs? Ich will Fleifsch", empört sich King Kofi.

„Tut uns leid, das Fleisch ist alle", winseln die Hyänen. „Wir haben nur noch ein paar Melonen. Ansonsten ist die Vorratskammer leer."

„Leer?", grölt King Kofi fassungslos. Er überlegt. Grinsend zeigt er zum Kerker. „Dann ifst dafs eben meine neue Vorratfskammer!"

Tafiti wird ganz schlecht. Was, wenn Opapa gefressen wird? Oder einer der anderen?

„Moment mal!“, ruft er einfach zum Fenster hinein. „Was, wenn wirklich der Dieb dabei ist? Und was, wenn er die Krone irgendwo versteckt hat?“

Verdutzt schaut King Kofi auf. Was macht das Erdmännchen denn da an seinem Fenster? Aber neugierig ist er doch.

„Wa*f*s dann?“, fragt er misstrauisch.

„Wenn Sie den Dieb verspeisen, bevor er die Krone herausgerückt hat, werden Sie nie erfahren, wo Ihre Krone ist!“, erklärt Tafiti. „Und sie bleibt für immer verschwunden.“

Der Löwe kratzt sich zwischen den Ohren.

„Die*f*se*f*s kleine, ver-fli*f*xte Erdmännchen hat irgendwie recht“, grummelt er. Dann besinnt er sich. „Fangt ihn! Den *f*stecken wir auch in*f*s Gefängni*f*s!“

„HALT!“, ruft Tafiti. „Wir können Ihnen doch helfen!“

„Hä? Wie denn?“, wundert sich King Kofi.

„Mein Freund und ich sind Detektive“, behauptet Tafiti einfach. „Wir werden die Krone für Sie suchen.“

Oje! Pinsels Beine zittern wie Wackel-pudding.

„Einver*f*standen“, brüllt King Kofi und winkt die Wachen zurück.

„Sie müssen uns nur eins versprechen“, ergänzt Tafiti noch. „Wenn wir die Krone zurückbringen, lassen sie ALLE Tiere wieder frei!“

„ALLE? Nö!“ Dem König passt das gar nicht. Das ist Vorrat für ein halbes Jahr!

„Dann können Sie Ihre Krone selber suchen!“, ruft Tafiti und verschwindet vom Fenster.

King Kofi dämmert, dass er ohne Detektive seine Krone niemals finden wird. Und er braucht die Krone. Ein König ohne Krone? Nicht auszudenken. Am Ende ist er dann gar kein König mehr?!

„WARTET!“ King Kofi rast zum Fenster. In einiger Entfernung stehen dort draußen Tafiti und Pinsel.

„Ich ver*f*sprech e*f*s!“, brummt King Kofi. „Wenn ihr die Krone bringt, la*f*sse ich alle frei. Nur den Dieb, den fre*f*ss ich auf! *f*Strafe mu*f*ss *f*sein!“

Savannendetektive

Jetzt sind Tafiti und Pinsel also Detektive. Und echte Detektive brauchen natürlich eine Lupe. Die leihen sie sich von Opapa aus. Der hat bestimmt nichts dagegen.

Sie beginnen ihre Suche rund um den Palast. Ein echter Detektiv würde seine Suche vielleicht im königlichen Schlafzimmer beginnen. Dort, wo King Kofi die Krone aufbewahrt. Aber das ist Tafiti und Pinsel zu gefährlich.

Was, wenn der König seine Meinung ändert und sie doch gefangen nimmt? Oder einfach zum Mittagessen verspeist? Außerdem muss sich der Dieb ja irgendwie angeschlichen haben.

„Im Palast hat er bestimmt höllisch aufgepasst, dass er keine Spuren hinterlässt“, vermutet Tafiti. „Aber auf dem Weg dahin war er bestimmt nicht ganz so vorsichtig. Da finden wir vielleicht den einen oder anderen Hinweis.“

Und Spuren finden sie wirklich!

„Schau mal!“, grunzt Pinsel.

Im feinen Savannensand hat er große Tatzenabdrücke entdeckt. Solch große Pranken hat nur einer in der Savanne: Seine Majestät King Kofi höchstpersönlich.

„Und? Meinst du, dass King Kofi seine Krone selbst gestohlen hat?“, fragt Tafiti und grinst.

„Nö, eigentlich nicht“, murmelt Pinsel. „Schade!“

„Finde ich auch“, sagt Tafiti und lacht. „Dann müsste er sich nämlich selber fressen!“

„Na, dann guten Appetit“, grunzt Pinsel vergnügt.

Eifrig suchen sie weiter. An einem Ast hängen ein paar goldgelbe Haare.

„Die sind bestimmt auch von King Kofi“, vermutet Pinsel.

Trotzdem nimmt Tafiti sie sicherheitshalber mit. Er steckt sie in eine von Omamas Butterbrottüten. „Beweisstück 1“ schreibt er darauf und wo sie es gefunden haben.

Wenig später finden sie einen langen, schwarz-weiß gestreiften Stachel.

„Da gibt es nur zwei, die solche Stacheln haben“, weiß Tafiti. Und mit der Tüte „Beweisstück 2“ geht es dann zu den Stachelschweinen Pix und Pax.

Schon draußen vor dem Bau hören Tafiti und Pinsel lautes Schluchzen. Pix ist allein zu Hause und seine Nase schon ganz rot vom Schnäuzen.

„Sie haben Pax gefangen genommen. King Kofi und die Hyänen. Einfach so“, schnieft er.

„Dann wird Pax den Stachel verloren haben, als sie ihn zum Kerker gebracht haben“, murmelt Tafiti nachdenklich.

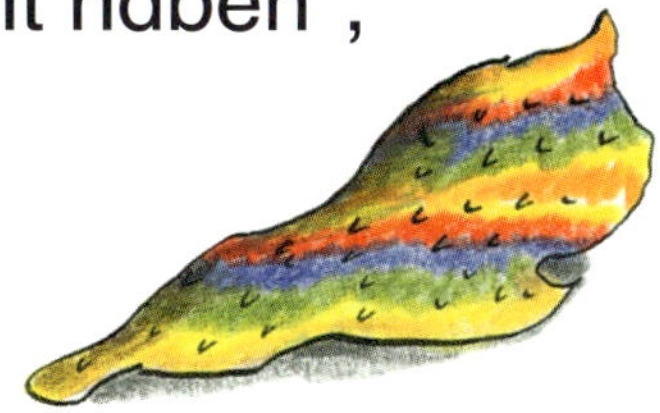

Pix schnäuzt ins selbst gestrickte Taschentuch.

„Keine Sorge, wir finden den Dieb. Und dann kommt Pax wieder frei“, meint Tafiti.

„Hoffentlich“, schnieft Pix. „Viel Glück!“

Tafiti und Pinsel laufen zum Palast zurück und schauen sich die Fundstelle noch etwas genauer an. Nicht weit davon entdecken sie Pax' Fußabdrücke und gleich daneben Spuren von Hyänentatzen. Er hat den Stachel also wirklich verloren, als er ins Gefängnis geführt wurde.

Auch andere Tierspuren, die sie finden, sind stets flankiert von Hyänenspuren. Und sie führen auch nicht etwa in den Palast, sondern alle in den Kerker.

„So viele Spuren – und kein Hinweis auf den Dieb", stöhnt Pinsel.

Und wie sie auch suchen: Sie finden nichts weiter.

„Nur zwei Beweisstücke“, seufzt Tafiti schließlich. „Sonst nichts. Das eine ist von Pax und das andere von King Kofi.“

Gedankenverloren schaut er sich noch einmal die Haare aus der ersten Tüte an. Goldgelb sind sie und ziemlich lang.

„Die können nur aus der Mähne stammen“, überlegt Tafiti.

Pinsel stutzt. „King Kofis Mähne ist aber eher dunkel, nicht so goldblond!“ Mit Farben kennt er sich aus.

„Meinst du?“, fragt Tafiti aufgeregt. „Lass es uns nachprüfen! Auf zu King Kofi!“

Die Löwenmajestät empfängt sie strahlend. „Ihr habt die Krone gefunden!“

„Leider noch nicht“, sagt Tafiti.

Prompt geht King Kofis Laune in den Keller. „Und dann wagt ihr es, mir unter die Augen zu treten? Hä?“

„Wir wollten nur kurz was gucken!“ Blitzschnell hält Tafiti die goldgelben Haare an King Kofis Mähne. Pinsel hatte recht: Die Mähne der Majestät ist deutlich dunkler.

„Wafs habt ihr da?“, brüllt King Kofi.

„Nichts, nichts“, murmelt Tafiti und macht sich mit Pinsel schnell aus dem Staub.

Wer hat bloß goldene Haare?

„Wir sollten schauen, ob einer der Gefangenen solche Haare hat“, schlägt Tafiti vor.

Doch kaum kommen sie in die Nähe des Kerkers, werden sie von den Hyänen gepackt.

„Lasst uns los!“, ruft Tafiti entschlossen. „Wir sind Detektive und suchen die Krone im Auftrag des Königs!“

„Und dafür müssen wir uns die Gefangenen anschauen“, setzt Pinsel hinzu.

Zähneknirschend lassen die Hyänen sie durchs Gitterfenster schauen.

„Hallo!“, ruft Tafiti. „Geht’s euch gut?“

„Den Umständen entsprechend“, meint Opapa.

„Ich will nicht gefressen werden“, schreit der Springhase und springt ängstlich auf und ab.

„Ich auch nicht!“, jammert Fräulein Ottilie.

Tafiti und Pinsel haben sich längst umgeschaut. Keiner von ihnen hat goldgelbe Haare.

„Wir werden den echten Dieb finden“, verspricht Tafiti den Gefangenen. „Und dann kommt ihr alle wieder frei!“

„Hoffentlich“, brummt Opapa und winkt ihnen zum Abschied zu.

Nachdenklich laufen Tafiti und Pinsel um den Palast herum.

„Ich glaube, das hier ist eine heiße Spur“, meint Tafiti und wedelt mit seinem Butterbrottütchen. „Das Haar gehört weder King Kofi noch den Hyänen oder den Gefangenen. Es könnte also wirklich vom Dieb stammen!“

„Aber wer hat bloß solche Haare?“, fragt Pinsel.

„Tja“, überlegt Tafiti. „Lass uns mal nachdenken.“

„Nachdenken? Ich muss erst mal etwas essen“, sagt Pinsel. Den halben Tag haben sie schon nichts gefuttert. Wie soll er so nachdenken?

Also laufen die beiden nach Hause zurück und berichten bei einer kräftigen Kürbissuppe Omama und Tutu alles, was sie bisher herausbekommen haben.

„Tja, und nun?“, fragt Pinsel. „Wir wissen nicht einmal, wer solche Haare hat.“

Omama überlegt. Doch ihr fällt auch niemand ein.

„Ich habe mal gehört“, sagt sie, dass der Täter immer an den Ort des Verbrechens zurückkehrt.“

„Wieso?“, fragt Tutu.

Omama zuckt mit den Schultern. „Das weiß ich auch nicht!“

„Egal“, entscheidet Tafiti. „Wir legen uns einfach mal auf die Lauer.“

Also verstecken sich Tafiti und Pinsel ganz in der Nähe des Palastes und warten.

Viel ist nicht los. Kaum einer traut sich in die Nähe des Löwenpalastes. Nur ein paar Schmetterlinge tanzen vorüber und Käfer krabbeln im Gras. Tiere eben, die nicht auf King Kofis Speiseplan stehen. Auch einige

Vögel fliegen hin und wieder vorbei oder lassen sich hoch oben auf den Bäumen nieder. Aber das ist schon alles. Die meisten halten sich nicht lange auf. Nur ein Kranich flattert von Baum zu Baum und schaut immer wieder zum Palast hinüber.

„Was will der denn hier?“, flüstert Pinsel.

Tafiti überlegt. „Bestimmt kennt er jemanden, der dort im Kerker gefangen sitzt. Der Arme!“

Tafiti und Pinsel blicken zu dem Kranich hinüber. Und jetzt erst fällt es ihnen auf: Der Kerl hat eine goldgelbe Strubbelfrisur.

„Der hat ja Haare“, staunt Pinsel.

„Und die sehen aus, wie diese hier!“ Tafiti schaut in seine Beweistüte.

„Hey, du da!“, ruft er dann zum Kranich hoch. „Warst du schon öfters hier?“

„Nein, noch nie!“, behauptet der Kranich und fliegt davon.

Tafiti schnappt nach Luft. Das ist doch höchst verdächtig!

„Los, ihm nach!“ Rasch springt er auf Pinsels Rücken. Und der rast im Schweinsgalopp dem Kranich hinterher.
Doch am Flussufer verlieren sie den Vogel plötzlich aus den Augen.

Atemlos bleibt Pinsel stehen. „Und nun?“

„Pssst“, macht Tafiti.

Die beiden lauschen. Erst hören sie nur Pinsel schnaufen. Dann aber raschelt es am Ufer. Tafiti und Pinsel schleichen sich durch das Gestrüpp – und stehen plötzlich vor dem Kranich. Der sitzt am Boden auf seinem Nest.

„Was wollt ihr? Haut ab!“, schimpft er.

„Nur mal kurz schauen, was da in deinem Nest ist“, meint Tafiti.

„Das geht euch nichts an! Verschwindet!“, kreischt der Kranich.

„Nicht, bevor wir ins Nest geguckt haben“, sagt Tafiti.

Der Kranich bleibt sitzen. Und auch Tafiti und Pinsel machen es sich in seiner Nähe gemütlich.

„Wir können warten“, meint Tafiti.

„O ja“, grunzt Pinsel. Eine kleine Pause kommt ihm gerade recht.

Doch die währt nicht lange. Denn irgendwann wird es dem Vogel zu bunt.

„Weg hier!“, kreischt er. Wie ein Wilder schießt er mit ausgebreiteten Flügeln auf sie zu und hackt mit seinem spitzen Schnabel nach ihnen.

„Hilfe!“, ruft Pinsel und saust davon.

Tafiti aber duckt sich schnell unter den Flügeln weg.

Und bevor der Kranich merkt, dass er nur noch das Schwein verfolgt, sitzt Tafiti schon im Nest. Und darin – nur notdürftig unter ein paar Blättern versteckt – liegt King Kofis königliche Krone.

„Da ist sie ja!", ruft Tafiti und schwenkt die Krone.

Der Kranich bleibt stocksteif stehen. „Ach herrje!", stöhnt er.

Pinsel hält ihn schnell an den langen Beinen fest. Doch der Kranich versucht nicht einmal zu fliehen.

„Vielleicht ist es ja auch ganz gut, dass ihr sie gefunden habt“, krächzt er. „Ihr könnt euch nicht vorstellen, wie mir die Zacken in der Nacht in den Popo gepiekt haben! Ich hab kein Auge zugetan!“ Der Kranich seufzt. „Aber ich kann jetzt sowieso nicht mehr schlafen“, murmelt er. „All die Tiere, die im Kerker sitzen: Wegen MIR und meiner Dummheit! Aber was soll ich machen? Wenn ich King Kofi seine Krone zurückbringe, frisst er mich auf!“

„Jetzt mal langsam“, unterbricht Tafiti ihn. „Du hast also die Krone geklaut?“

Der Kranich nickt.

„Jetzt erzähl doch mal“, sagt Tafiti. „Aber der Reihe nach.“

Korongos Geschichte

Der Kranich holt tief Luft. „Ich heiße Korongo und bin ein Kronenkranich.“ Er reckt den Hals ein wenig. „Wegen der goldgelben Krone auf meinem Kopf.“

„Ach, wegen dem Strubbel da!“, meint Pinsel.

„Na, hör mal!“, empört sich der Kranich. Dann aber lässt er den Kopf sinken. „Nun ja, meine

Krone ist halt ein bisschen klein geraten. Deswegen bin ich ja auf diese verflixte Idee gekommen. Und das war so:

Mitten in der Nacht wachte ich auf. – ‚Hier kommt der Stärkste, hier kommt der Beste‘, hörte ich es murmeln. Und im Licht des Vollmondes konnte ich ihn sehen: Seine Löwenmajestät King Kofi schritt hier am Fluss entlang, begleitet von seiner Leibwache.

‚Majestät, so eine Ehre', rief ich. ‚Hoch lebe König King Kofi!'

‚Psst!', zischten die Wachen aufgebracht. ‚Weckt ihn nicht auf. Der schläft!'

‚Der schläft?', hauchte ich.

‚Er schlafwandelt – wie bei jedem Vollmond', knurrte eine der Hyänen.

Ich blieb mucksmäuschenstill in meinem Nest sitzen und wartete, bis sie vorüberzogen. Und da kam mir auf einmal die Idee …

Kaum waren King Kofi und die Hyänen außer Sicht, flog ich schnell zum Palast. Der war leer und unbewacht, schließlich war King Kofi samt seiner Leibwache noch unterwegs. Vorsichtig schlich ich mich in King Kofis Schlafzimmer. Und da lag sie auf einem Kissen aus rotem Samt: die Krone!

Und dann …" Korongo senkt die Augen.

„Und dann?", fragen Tafiti und Pinsel wie aus einer Schnauze.

„Dann schnappte ich die Krone und flog davon!", beendet Korongo seine Geschichte.

„A-aber", stottert Pinsel. „Wieso hast du das gemacht?"

Korongo schluckt.

„Es ist Brutzeit! Und was seht ihr? Ich bin allein! Hab keine Kranichfrau abbekommen. Keine wollte mit mir brüten. Und das kann ja wohl nur an meiner mickrigen Krone liegen. Schon als Kind wurde ich deswegen gehänselt." Der Kranich schnappt nach Luft. „Und da dachte ich, wenn ich so eine richtig stattliche, große, goldglänzende Krone habe, da habe ich ganz andere Chancen."

„Und?", fragt Tafiti.

„Pustekuchen“, seufzt Korongo. „Die Krone ist mir viel zu groß. Hier, guckt mal!“

Korongo setzt die Krone auf seinen Kopf. *Wupps* – schon rutscht sie den Hals hinunter und sitzt auf Korongos Brust fest. „Alles umsonst!“

„Und nun?“ Tafiti und Pinsel schauen sich an.

„Jetzt werdet ihr mich zu King Kofi bringen“, haucht Korongo und seine Flügel zittern.

Ja, genau das hatten sie vor: Sie wollten die Krone samt dem Dieb zum Löwenkönig bringen, um Opapa, Pax und all die anderen Tiere zu befreien.

„Aber dann wirst du gefressen“, sagt Tafiti langsam.

Korongo nickt. „Das ist mir klar“, krächzt er heiser.

„Wir hatten mit King Kofi ausgemacht, dass alle freigelassen werden, wenn wir ihm den Dieb bringen“, erklärt Pinsel.

Korongo schluckt. „Na, dann los, macht schon, bringt mich hin“, ruft er. „Ich habe es nicht anders verdient.“

„Hmh, was, wenn wir nur die Krone zurückbringen und nicht sagen, wer sie gestohlen hat?“, fragt Pinsel.

Tafiti schüttelt den Kopf. „Solange er den Dieb nicht hat, wird er auch die Gefangenen nicht freilassen.“ Auf einmal beginnt er zu strahlen. „Es sei denn, wir bringen die Krone heimlich wieder zurück. Sodass es aussieht, als habe King Kofi seine Krone selber verbummelt. Denn dann gibt es auch keinen Dieb!“

Die Sache ist ganz einfach. Sie müssen nur abwarten, bis King Kofi in der Nacht wieder schlafwandelt.

Im Gebüsch versteckt, beobachten sie den Palast. King Kofi geht ins Bett. Die Kerzen werden ausgepustet. Und dann ist es dunkel. Nur der Mond scheint. Wenn auch nicht mehr ganz so hell wie gestern in der Vollmondnacht. Und genau das ist das Problem. King Kofi schläft tief und fest – ohne sein Bett zu verlassen. Die ganze Nacht warten Tafiti, Pinsel und Korongo draußen auf King Kofi. Aber vergeblich.

„Das gibt's doch nicht!“, seufzt Tafiti. „Anscheinend geht er nur bei Vollmond los.“

„Dann müssen wir eben auf den nächsten Vollmond warten“, schließt Pinsel.

„Das dauert zu lange!“, ruft Tafiti.

„Und jetzt?“, fragt Korongo matt.

Tafiti überlegt. Ihm muss etwas einfallen. Aber was?

Auf einmal grinst er. „Wir gehen jetzt schlafen“, sagt er. „Und morgen Abend treffen wir uns hier wieder. Vergiss die Krone nicht, Korongo.“

Der Kranich macht große Augen. „Was hast du vor?“

Aber das verrät Tafiti nicht. Noch nicht.

Vollmondzauber

Ausgeschlafen treffen sie sich am nächsten Abend wieder. Und jetzt erfährt Korongo den Plan.

„Wunderbar!“, haucht der Kranich. „Hoffentlich klappt’s!“

„Ja, hoffentlich!“, wispert Tafiti. „Bereit?“

„Ja“, haucht Pinsel. Mit zittrigen Hufen zündet er eine große Kürbislaterne an.

„Dann los!“ Tafiti und Korongo verstecken sich nahe beim Eingang, während Pinsel um den Palast herumläuft, um in King Kofis königliches Schlafzimmer zu leuchten.

Die Laterne strahlt rund und vollmondschön durchs Fenster. Unruhig wälzt sich King Kofi im Bett hin und her. Dann setzt er sich plötzlich mit einem Ruck auf und steigt aus dem Bett. Seine Augen sind weit geöffnet. Schon marschiert er los. Die Wachen vor dem Tor zucken zusammen.

„Ich bin der Be*f*ste! Ich bin der *f*Stärk*f*ste! Macht Plat*f*z für *f*Seine Maje*f*stät!“, nuschelt King Kofi und trottet weiter.

„Der schlafwandelt“, zischt die eine Hyäne.

„Schon wieder?“, mault die andere.

Aber natürlich begleiten sie die Löwenmajestät. Eine rechts, eine links. Wozu sind sie sonst Leibwachen?

Der Löwenkönig läuft einmal um seine Residenz. Denn dort leuchtet hell der Kürbismond.

Pinsel zieht mit seiner Laterne langsam weiter und lockt den schlafwandelnden König hinter sich her.

Aber die Wachen passen natürlich auf: „He, was machst du da?“

„Ich laufe Laterne“, grunzt Pinsel kleinlaut.

„Mach, dass du wegkommst!“, knurren die Hyänen.

„Aber ja“, nickt Pinsel eifrig und geht mit seinem Kürbis weiter. „Laterne, Laterne …“, singt er dabei.

King Kofi folgt ihm auf Schritt und Tritt. Pinsel geht rechts rum – King Kofi geht rechts rum. Pinsel geht nach links – King Kofi geht nach links. Das macht echt Spaß!

Die Hyänen finden das nicht so lustig.

„Mach das Ding aus, verflixt noch mal!“, schimpfen sie und zeigen ihre spitzen Zähne.

Da bleibt Pinsel nichts anderes übrig.

„Ja, natürlich …“, verspricht er. So langsam und umständlich es geht, setzt er die Laterne ab. Und pustet die Kerze aus. Hoffentlich

haben Tafiti und der Kranich inzwischen alles erledigt.

„Sie kommen zurück!“, flüstert Tafiti.

Er und Korongo schaffen es gerade noch, unbemerkt aus dem Palast zu schlüpfen. Sie ducken sich im hohen Gras, während die Wachen den schlafenden King Kofi zum königlichen Bett zurückführen.

Tafiti und Korongo grinsen sich an. Das ist gerade noch mal gut gegangen.

Am nächsten Tag besuchen Tafiti und Pinsel den König in seinem Palast.

„Und? Habt ihr die Krone gefunden?“ King Kofi schaut sie herausfordernd an.

„Nein“, sagt Tafiti.

„Nehmt *f*sie fe*f*st!“, brüllt King Kofi seinen Wachen zu.

Schon haben die Hyänen Pinsel und Tafiti gepackt.

„Halt!“, ruft Tafiti. „Bisher haben wir nur außerhalb des Palastes gesucht! Was, wenn sich die Krone hier befindet?“

„Hier?“ Dem Löwen klappt die Kinnlade runter. Und dann lacht er los – ein lautes, heiseres Lachen.

Tafiti wartet, bis sich King Kofi ein wenig beruhigt hat. „Wir haben in der Savanne jeden Winkel abgesucht“, erklärt er gelassen. „Einzig und allein Ihre Residenz haben wir ausgelassen.“

„Genau!“, grunzt Pinsel. „Und daher suchen wir, äh, versuchen wir, äh …“

„Ersuchen wir“, ergreift Tafiti das Wort, „um Ihre Erlaubnis, uns auch in Ihrem königlichen Palast umzuschauen.“

„Genau“, nickt Pinsel. „Schließlich wollen Sie die Krone doch wiederhaben, oder?“

„Aber *f*selbst-
ver*f*ständlich!“, ruft King Kofi und wirft seine Mähne zurück. „La*f*sst *f*sie *f*suchen!“, befiehlt er seinen Wachen.

King Kofi schleckt sich das Maul. „Und wenn *f*sie die Krone nicht finden, gibt es heute Erdmännchen*f*spieß an *f*Schweinebraten!“

Am liebsten würde er sich gleich seine königliche Serviette umbinden. Aber noch heißt es warten.

Tafiti und Pinsel zücken Opapas Lupe und durchsuchen den Kronsaal, die Vorratskammer und das königliche Klo. Von der Krone – keine Spur!

Dann geht es schließlich ins königliche Schlafgemach. Das rote Samtkissen ist immer noch leer. Pinsel zieht die Schubladen vom Nachttisch auf. Tafiti schaut in die große Truhe und hinter die Vorhänge: nichts.

Schließlich legt sich Tafiti auf den Boden.

„Das gibt es ja nicht!“, ruft er.

„Wafs denn?“, japst King Kofi.

„Schauen Sie mal unter dem Bett nach, Majestät!“, fordert Tafiti ihn auf.

King Kofi legt den Kopf auf den Boden und sieht ganz hinten unter seinem königlichen Bett die Krone glitzern.

„HÄ?“, brüllt der König. „Wie kommt die denn da hin?“

„Mhm“, überlegt Tafiti und schaut sich um. „Die muss wohl vom Samtkissen gekullert sein, nehme ich mal an.“

„Vom Kifssen gekullert?!“, brüllt King Kofi und versucht, mit seiner Tatze die Krone zu erhaschen. Aber er kommt nicht dran.

„Ich hole sie schon“, meint Tafiti freundlich und schlüpft unter das Bett. „Aber denken Sie an unsere Abmachung: Wenn wir die Krone wiederfinden, werden alle Gefangenen freigelassen. Alle!“

„Hmm“, brummt der König.

„Also?“, fragt Tafiti unter dem Bett.

„Ja, na gut“, knurrt King Kofi widerwillig.

Und er hält Wort. Kaum hat er seine Krone in den Pfoten, gibt er den Befehl: „La*f*sst die Gefangenen frei!“

Unter großem Jubel rennen die Tiere aus dem Kerker in die Freiheit.

Erleichtert drückt Opapa Tafiti und Pinsel fest an sein Herz. Alle sind glücklich. Nur einer nicht.

„Und wafs ifst mit meinem *f*Sonntag*f*s-braten?“, mault King Kofi.

Tafiti räuspert sich. „Mit Verlaub, da müssen Sie sich schon selber verspeisen! – Schließlich haben Sie die Krone verschusselt!“

„WA*f*S? ICH? Na, warte!“ King Kofi setzt zum Sprung an.

So schnell sie können, rasen alle davon. Und wäre Korongo nicht mutig um King Kofis Kopf herumgeflattert, hätte der Löwe vielleicht noch den einen oder anderen erwischt.

Am Nachmittag feiern alle zusammen. Sie trinken Kakao und schmausen Omamas Kürbiskuchen.

„Das ist ja noch mal gut gegangen“, meint Opapa glücklich.

„Ich weiß gar nicht, wie ich euch danken soll!“, krächzt Korongo.

„Mach so was einfach nie wieder“, lacht Tafiti.

„Ganz bestimmt nicht“, verspricht Korongo.

Und zur Feier des Tages tanzt er seinen ganz speziellen Kranichtanz. Und alle tanzen mit!

Julia Boehme studierte Literatur- und Musikwissenschaft und arbeitete danach als Redakteurin beim Kinderfernsehen. Eines Tages fiel ihr ein, dass sie als Kind unbedingt Schriftstellerin werden wollte. Wie konnte sie das bloß vergessen? Auf der Stelle beschloss sie, jetzt nur noch zu schreiben. Seitdem denkt sie sich ein Kinderbuch nach dem anderen aus.

Julia Ginsbach wurde 1967 in Darmstadt geboren. Nach ihrer Schulzeit studierte sie Musik, Kunst und Germanistik. Heute arbeitet sie als freie Illustratorin und lebt mit ihrer Familie und vielen Tieren auf einem alten Pfarrhof in Norddeutschland.

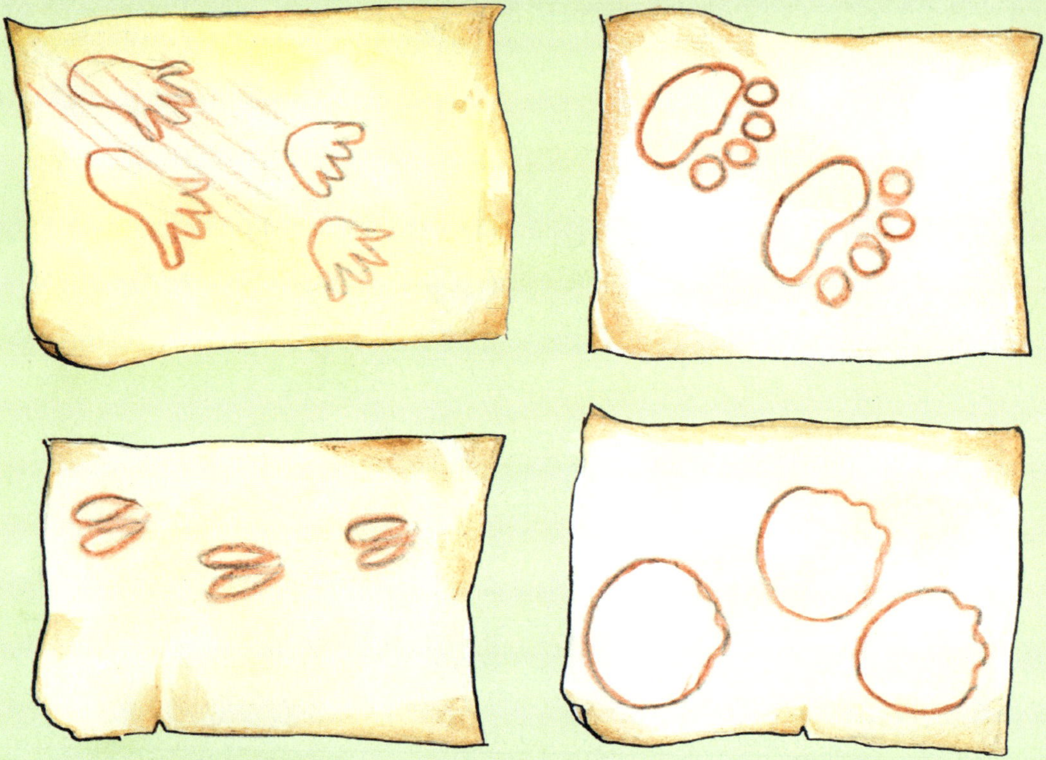

Spurensuche